KB050350

꽃뱀

시작시인선 0271 꽃뱀

1판 1쇄 펴낸날 2018년 9월 27일
지은이 한명희
펴낸이 이재무
책임편집 박은정
편집디자인 민성돈, 장덕진
펴낸곳 (주)천년의시작
등록번호 제301-2012-033호
등록일자 2006년 1월 10일
주소 (03132) 서울시 종로구 삼일대로32길 36 운현신화타워 502호
전화 02-723-8668
팩스 02-723-8630
홈페이지 www.poempoem.com
이메일 poemsijak@hanmail.net

©한명희, 2018, printed in Seoul, Korea

ISBN 978-89-6021-388-3 04810
     978-89-6021-069-1 04810(세트)

값 9,000원

꽃뱀

한명희

천년의시작

시인의 말

당신이 꼭
이 시를 읽어주었으면 좋겠다

읽고
아프지 않았으면 좋겠다

차 례

시인의 말

해 설

INTRO

서울 춘천 고속도로

저 복장은 수도사의 것이 틀림없다
검은 후드로 얼굴을 반쯤 가리고
허리에는 띠를 둘렀다
옷자락이 땅에 끌리고 있다

저 사람은 수행 중임에 틀림없다
그렇지 않고서야 여기를 걷고 있을 리가 없다
느릿하나 일정한 보폭
그것은 수도사의 것이다

저 사람은 중세에서 왔음이 틀림없다
그렇지 않고서야 경적이 이렇게 울리는데
저토록 태연할 리가 없다
저렇게 모를 리가 없다

수도사의 침묵 정진은 오래가지 못할 것이다
누군가에 의해 강제 중단될 것이다
어쩌면 더 비참한 결말을 맞을지도 모른다

그래도 수도사는 의연할 것이다
너무도 해맑은 얼굴로
그가 아주 오랫동안 수행해 왔음을 증명할 것이다

꽃뱀

보아뱀은 코끼리를 삼켰지
바오밥나무를 바라보며 천천히 삼켰지

나는 그런 큰 물건은 못 되어서
그저 호랑이를 삼켰지

코끼리를 삼키고도 보아뱀은
중절모처럼 의젓했지

나는 그런 큰 물건은 아니어서
호랑이를 삼킨 후
내가 더 놀랐지

중절모를 쓰고
보아뱀은 떠났지
바오밥나무도 따라서 떠났지

나도 호랑이 가죽신을 신고
어디론가 가고 싶었지
그런데 호랑이는 이상하게도 가죽 대신

이름을 남겼지

사람들이 호랑이를 찾을 때마다
내가 어흥 어흥 대답했지
호랑이가 나를 삼킨 건지
내가 호랑이를 삼킨 건지
도무지 알 수 없었지

떠나고 싶지만
떠날 수 없었지
호랑이도 나도
제자리만 맴맴 맴돌았지

시인들을 위한 동화

아주아주 옛날에는 사람들이 몸으로 글을 썼어요 고흐가 귀를 잘라 그림을 그린 것처럼요 사마천이란 사람은 자기의 가장 소중한 부분을 잘라 글을 썼답니다

세월이 흘러 흘러 사람들은 도구를 이용하게 되었어요 예세닌은 손목의 동맥을 절단했어요 그리고 거기서 나오는 피를 펜에 찍었답니다 그가 쓴 시들은 비린내가 났지요

또 시간이 흘러 글쟁이들은 작업실을 갖게 되었답니다 보들레르는 창녀이자 애인의 방에서 트라클은 여동생이자 애인의 방에서 포는 사촌 여동생이자 아내의 방에서 작업을 했어요 아주 격정적인 작업이었지요

그러고는 급격한 변화가 일어납니다 전쟁과 내전, 불심과 검문, 폭력과 폭식, 기상이변에 광주민중항쟁, 힌두쿠시산맥 남쪽에서는 테러가 일어났고 애플은 아이패드를 내놓았지요 두바이유는 자주 백 달러에 육박했어요

요즘은 멀티태스킹이 대세입니다 사람들은 인터넷을 하면서 글을 써요 다큐멘터리를 보면서 영화를 보면서 글을

써요 짜깁기를 하면서 모자이크를 하면서 글을 써요 사람들
이 점점 만능이 되어갑니다

기일

이런 날씨는 전에도 본 적이 있다

구급차가 달려오자
모든 것은 일사천리로 진행되었다

신비한 힘이 나를 끌고 갔을 뿐
내가 한 일은 내가 한 것이 아니었다

이런 날씨는 전에도 본 적이 있다

두께를 알 수 없는 얼음이 얼고
얼음 밑에서 누군가 소리쳤다

그렇게 가까이 있는데
그렇게 아무것도 보이지 않았다

걷을 수도 닫을 수도 없는 날씨
통각점이 하나씩 하나씩 되살아났다

I

황금 동전이 쌓이는 의자

괴테가 앉았던 이 의자 셰익스피어가 앉았던 이 의자를 내어드리지요

카프카가 앉았고 도스토옙스키가 앉았던 이 의자도 내어드리겠습니다

이 의자는 나무로 만들어졌습니다 눈 좋은 목수가 동굴에서 해저에서 꿈속에서 나무를 골라냈습니다 오르페우스의 후예들이 의자에 돈을새김했습니다 디오니소스의 자식들이 의자를 지켰습니다

당신들이 몰려오자 이 의자가 황금으로 물드는군요

좋습니다 내어드리지요 의자 위에 황금 동전이 쌓이기 시작합니다 다시 많은 사람들이 몰려오고 있습니다 당신들이 달려오자 영문 모르는 사람들조차 뛰기 시작합니다

의자가 의자를 복제합니다 복제된 의자가 복제된 의자를 복제합니다 복제된 의자를 복제한 의자가 복제된 의자를 복제한 의자를 복제합니다 의자가 늘어납니다 황금 동전이 그

득그득 쌓입니다

　좋습니다 앉으시지요 외롭고 높고 쓸쓸했던 이 의자를 보
들레르가 앉았고 두보도 앉았고 백석도 앉았던 이 의자를
당신들께 내어드리겠습니다

화요일의 자살에 대한 상상

죽으려고 달려든 것은 아니었다
빛이 그리웠을 뿐
따스함이 그리웠을 뿐

피해 갈 수 없었던 것은 아니었다
비켜 가기 싫었을 뿐
물러서기 싫었을 뿐

한밤의 국도
상행선도 하행선도 텅 빈 곳

살려고 날아왔다
살려고 여기까지 왔다

사과나무, 사과나무, 사과나무

내가 사과나무에서 떨어지던
그해

가을 사과는 몇 배는 더
탐스럽게 열렸나

새봄마다 가지가 찢어질 만치 사과꽃이 피고
나는 애써 사과 향기를 외면했나

반쯤은 억울하고 반쯤은 그리워서
사실은 사과나무를 아주 잊을 수는 없었나

잊지는 못하고
모든 것에는 다 이유가 있다는 위로의 말을 원수로 삼
았나

사과나무를 흐르던 시간이 내게도 흘러
이제 나는 사과나무 사과나무 말할 수는 있게 되었나

손을 뻗으면 만져질 것도 같은 사과나무

맘먹고 지우자면 가지 서너 개쯤 너끈히 지워낼 것도 같
은 사과나무

눈에서는 지워져도
입술에는 남아있을 사과나무, 사과나무, 사과나무

길고 지루한 영화

무슨 영화가 이렇게도 긴가
한참을 자고 일어나도 영화는 계속되고 있다
아까 본 것만 같은 장면
자세히 들여다보면
커피가 한 모금 줄어있다
담배가 조금 더 타들어 가 있다
자막이 없는 영화 속
사람들은 웅웅거리면서 붕붕 떠다닌다
무슨 말을 하겠다는 것도
무슨 말을 듣겠다는 것도 아니다
다만 이 화면 속을 떠나기가 싫다는 것이다
영화는 가끔씩 페이드아웃 된다

전화벨 소리. 날카로운 전화벨 소리. 그리고

영화는 다시 이어진다
모든 이야기가 그렇듯 여기에도
확대하고픈 장면은 있다
그러나 이 영화는 클로즈업 기법을 쓰지 않는다
아무것도 또렷해지지 않는다

저 창문을 닫겠다는 것인지
저 창문을 열겠다는 것인지
누가 창가를 서성이고 있다
그 장면이 몇 년째 계속되고 있다
영화는 가끔씩 페이드아웃 된다

전화벨 소리. 날카로운 전화벨 소리. 그리고……

무슨 영화가 이렇게도 긴가
감독마저 포기한 이 영화가
결코 개봉될 수도 없는 이 영화가

외출

여자가 돌아왔다
은빛 원피스 그대로 여자가 돌아왔다
바닷속을 다녀왔나
여자에게서 물미역 냄새가 났다
구름 속을 다녀왔나
여자에게서 빗방울 냄새가 났다
나무 안을 다녀왔나
여자의 눈에서 연둣빛이 났다
여자는 돌아왔어도
여자의 말수는 돌아오지 않았다
여자는 돌아왔어도
여자의 미소는 돌아오지 않았다
꽉 다문 입술로 원피스의 얼룩을 가리고 있었다

갈색 구두

막걸리와 소주를 번갈아 마셨던가
일어나면서 잔을 넘어뜨렸던가
계단을 세 칸쯤 내려왔던가
검정 구두를 찾았던가
삼 년쯤 신은 구두였던가
발이 너무 편해서 새삼 내려다보았던가
검정 구두가 아니라 갈색이었던가
그런 줄 알면서도 벗기가 싫었던가
그대로 신고 달아나고 싶었던가
이렇게 꼭 맞는 것이 세상에 또 있을까
놀라기보다 두려웠던가
돌아오는 내내 검정 구두가 헐거웠던가
갈색 구두의 촉감이 집에까지 집에까지 따라왔던가

수요일의 자살에 대한 상상

거울 안에서 누가 나를 보고 있다

여기가 더 따뜻하다고
여기가 더 편안하다고

거울 속에서 누가 내게 손짓하고 있다

네 속을 다 알고 있다고
네 손을 잡아주마고

바카라

마지막 카드
그것은 내지 않는 것이 더 나았다

네가 며칠 낮 며칠 밤을 고심한 후
내게 던진 카드
그것은 내지 않는 것이 더 좋았다

이 넓은 강은 그래서 만들어진 것이다

내 쪽으로 자꾸만 다리를 놓으려는 그대여
나는 도량이 넓은 인간이 아니다
네가 낸 카드의 모양을
똑똑히 기억하고 있다

의자를 위한 변주곡

1. 첫 번째 의자

작고 아담했다
의자에 앉아서 뻥튀기를 먹었다
뻥튀기를 먹고 풍선껌도 불었다
몸피가 점점 늘어나
의자를 덮쳤다
의자는 심하게 삐걱댔다

의자를 버렸다

2. 두 번째 의자

칠 주의
의자는 팻말을 달고 있었다

칠 주의
아무리 봐도 칠한 것 같지 않았다
만져도 칠이 묻어나지 않았다
손톱으로 긁어도 칠이 긁혀지지 않았다

칠 주의
팻말을 치우고 의자 깊숙이 앉았다
치마 가득 페인트가 묻었다

울면서 의자를 떠났다

3. 세 번째 의자

의자는 하나로
보였다 두 개로
보였다 다시 하나로
보였다 다시 두 개로 보였다

걸터앉고 싶었지만 앉을 수 없었다

메르헨의 숲

한 아이는 더 가보자고 하고
다른 아이는 그만 돌아가자고 하네

때는 바야흐로 오후 다섯 시
겨울 숲에서는 개와 늑대도 일찍부터 움직인다네

한 아이도 무섭고 두렵기는 마찬가지라네
또 다른 아이도 조금 더 가보고 싶기는 하다네

하지만 여기는 메르헨의
숲

길을 잃은 사람은 영원히
길 위를 떠돌게 되네

한 아이에게는 따뜻한 수프가 필요하다네
다른 아이도 뜨끈한 수프가 필요하다네

한 아이는 손이 하나 다른 아이도 손이 하나
한 아이는 발이 하나 다른 아이도 발이 하나

해가 작아지는 메르헨의
숲

한 아이도 다른 한 아이도 두툼한
털장갑이 필요하다네

누군가 울고 있는
메르헨의
숲

마라톤

나운규가 뛰고 김소월도 뛰고 김종삼도 뛰어가는 마라
톤입니다

파르테논 신전에서 한강 고수부지에서 동네 놀이터에서
도 동시에 달리는 마라톤입니다

저런 모터사이클을 타고 달리는 사람이 있군요 저 사람
은 롤러블레이드를 탔군요 요트를 타고 달리는 사람도 있
습니다

좋습니다 이 경기는 마라톤입니다

아이를 업고 뛰는 사람 병든 어머니를 업고 뛰는 사람도
있습니다 휠체어를 밀며 뛰는 사람도 있군요

좋습니다 그래도 마라톤입니다

마라톤이어서 마라톤이라서 좋습니다 나를 앞질러 갔어
도 나를 앞질러 간 것이 아니어서 좋습니다 넘어졌어도 넘
어진 것이 아니어서 좋습니다 끝까지 끝까지 가보자는 것

이어서 좋습니다 죽어서도 죽어서도 달릴 수 있는 것이어서
좋습니다 마라톤입니다

멤버십 트레이닝

관광버스가 도착했다
기다리던 멤버들이 버스로 모여들었다
가볍게 신발을 털고
가볍게 모자도 떨고 버스에 올랐다
맥주 박스도 차례로 버스에 오르고
일회용 컵과 접시도 오르고
삼십 분 지각과 빠뜨리고 온 핸드폰까지
모두 모두 버스에 올랐다
내리던 비도 멎었으니 캠프파이어는
예정대로 진행될 것이다
밤새워 부른 노래로
멤버 간의 단합은 더욱 공고해질 것이다
목적지가 어딘지도 모르는 채
멤버들은 모두 들떠 있는 것이다

관광버스가 도착했다
도착한 지 몇 년이 지나도록
운전사는 시동을 걸지 못하고 있다
나달나달한 지도책만을 오래오래 넘기고 있다

그조차도 이 버스가
어디로 가야 할지 모르고 있는 것이다

가족 잔혹사

1.

충혈된 아버지의 눈이
흔들릴 때

술 취한 손이
내 발목을 향할 때

숙제를 못 끝낸 손이
연필을 놓칠 때

문지방을 짚던 손이
입을 막을 때

2.

타닥타닥
마늘 다지는 소리
타다닥 탁탁
파 써는 소리

보글보글
소고깃국이 끓는 소리
촉수 낮은 불빛 속
엄마가 점점 바빠지는 소리

소고깃국은 맛있다
소고깃국은 먹어도 먹어도 맛있다
소고깃국은 졸립다
소고깃국은 자도 자도 졸립다

밥상머리에서 드는 잠
소고깃국을 다 먹기도 전에
숟가락을 놓기도 전에
밥상머리에서 드는 잠

잠 속으로
누군가 수면제를 타는 꿈
잠 속으로
엄마가 깔깔깔깔 웃는 소리

3.

포도알이 시들어간다
포도잎도 점점 시들어간다

삼대독자 남동생의 손발도 시들어간다
얼굴빛이 포도를 닮아간다

막냇동생은
남동생을 유난히 좋아했다
밤마다 오빠에게 옛날이야기를 들려주었다
꼬리 아홉 여우는 재주를 넘으면 사람이 되었다

막내는 시든 손발에 물을 주었다
포도알 빛 얼굴도 만져주었다

아침에 남동생 방을 나올 때
막내의 볼은 유난히 붉었다
양 볼에는 유리구슬을 물고 있었다

II

직선의 혀

애들아, 미안하구나
또 내 혀가 너희들을 찔렀구나

너희들 표정이 일시에 굳어지는구나
저런, 저런, 또, 또,
이런 표정으로
다시는 같이 놀지 말자는 표정으로

선생님들, 죄송합니다
또 제 혀가 선생님들의 말씀을 잘랐습니다
싹둑, 싹둑, 잘랐습니다

속으로 이런 생각들 하고 계시죠?
너는 그래서 못 크는 거야
저, 저놈의 주둥아리

나는 곡선을 편애한다
곡선이라면 최 씨에, 옥니에, B형인
내 남편의 곱슬머리까지도 사랑할 용의가 있다

나는 또 우회도로를 선호한다
고속도로를 타면 한 시간이면 될 걸
국도로 국도로 달려
시간과 기름값을 한꺼번에 낭비하고 마는 것이 나다

그러나 내 직선의 혀는
이 짧은 반성조차 금방 잊어버리고 만다

아무튼 난 롤러코스터를 타요

내 발에는 롤러코스터가 달려 있어요
등산을 갈 때도 나는 롤러코스터를 타요
직장에 갈 때도 롤러코스터를 타고요
지하철을 탈 때도 롤러코스터를 타죠
장례식장에 갈 때도 롤러코스터를 타고 갔어요
그곳에서 혼자 시끄러운 소리를 내고 다녔던 건
롤러코스터 때문이었죠
내가 먼저 약속을 하자고 해놓고
내가 먼저 약속을 어기는 것도
롤러코스터 때문이에요
아무튼 나는 롤러코스터를 타요
연애를 할 때도 나는 롤러코스터를 타요
일기를 쓸 때도 롤러코스터를 타고요
사람들이 내게 지성미가 없다고 말하는 것도
롤러코스터 때문일 거고요
그래도 난 롤러코스터가
인생을 좀 더 아찔하게 만들어준다고 생각해요
좀 더 복잡하게 만들어준다고 생각해요
그래서 난 롤러코스터를 타요
아무튼 난 롤러코스터를 타요

밥상 앞에서의 묵상

따끈한 국밥이 한 상 차려져 있기에
마침 숟가락도 하나 남아있기에
무심코 먹은 밥은

남이 먹으려고 오래 벼르던 밥이었고

허기가 져서
먹어도 먹어도 배가 고파서
허겁지겁 집어삼킨 밥은

남이 먹다 남긴 밥이었고

딱히 배가 고픈 것도 아닌데
꼭이 먹고 싶은 것도 아닌데
하도 권하기에
한입 먹어본 밥은

설익은 밥이었고

몸에 좋다기에

이맘때면 먹어둬야 한다기에
쫄래쫄래 따라가 먹은 밥은

순 눈칫밥이었고

밥그릇 수가 늘어나면
요령도 늘어날 줄 알았으나
밥상머리 앉음새는 좀체 나아지지 않았고

삼시 세끼 먹는 밥에 대한 걱정은
떠날 날이 없고

영광의 꽃

누가 꽃을 선물해 주네
생일이라고
축하한다고
하얀 국화 화분을 보내주네
한 송이가 어른 얼굴만 한 꽃을 한 아름 안겨 주네
누가 꽃을 주네
벽에 걸면 예쁠 거라고
기왕에 있는 꽃이니 가져가라고
자기 집보다는 우리 집에 더 어울릴 거라고
장미꽃에서는 80년대 종점다방의 향기가 나네
장미꽃은 검은 조명을 배경으로 하고 있네
누가 꽃을 싸주네
헝겊으로 만든 모란꽃을
정성껏 돌돌 말아주네
여기까지 왔는데 대접할 것도 없다고
이거라도 가져가라고
튤립은 때에 절어있네
꽃잎도 삭아있네
그래도 종이에 싸주네
잘 키우라고

꽃이 자꾸 쌓이네
쌓이고 또 쌓이네
영광의 꽃들이 그득그득 쌓이네

오빠이자 보험회사 영업소장인 오빠가

아주 가난한 사람들과 아주 부자들은
보험을 들지 않아도 된다고
보험회사 영업소장인 오빠가 말했다
그러니까 그의 말은
나 같은 중간층은 꼭 보험을 들어야만 한다는 거였다

오빠는 좋아했지만
보험쟁이 말은 믿을 수 없었으므로 당연히 보험은 들지
않았다
보험회사 영업사원은 믿을 수 없지만
오빠는 좋아했으므로 보험에 들지 않았다
뭐, 아주 없는 사람은 보험에 들지 않아도 된다니까

그런데 이런 일이 생겼다
보험에 든 순서대로 자리에 앉힌다는 것이다
큰 보험에 든 사람일수록 앞자리에 앉힌다는 것이다
보험에 안 든 사람은 들여보내지도 않는다는 것이다

비가 오면 비를 맞고 눈이 오면 눈을 맞고 바람이 불면
바람을 맞으며

그렇게 사는 시대는 지났다는 것이다
비에 대비해 눈에 대비해 바람에 대비해
따로따로 보험을 들어야 한다는 것이다
막 가자는 인생이 아니라면 말이다

그러니까 결국
오빠의 말이 맞았다는 것이고
보험회사 영업소장의 말도 맞았다는 것이다
오빠이자 보험회사 영업소장인 오빠의 말은 더더욱 맞
았다는 것이다
비록 보험에 들 물적, 심적 여력은 없을지라도

세월, 세월호

멀쩡하던
나무가 쩍 갈라질 때
세로로 쩍 금이 갈 때
멀쩡히
하늘을 날던 새가
아래로 툭 떨어질 때
떨어져서 얼음처럼 부서질 때
멀쩡히
잠을 자던 아이들 얼굴이
하나둘 지워질 때
지워진 얼굴들이
땅속으로 행진할 때
예고도 없이
전조도 없이
산이 쪼개질 때
주술사들이 밤새워 주문을 외우고
주문은 하늘에 닿지 않을 때
멀쩡하던
나무가 쩍 갈라질 때
세로로 쩍 금이 갈 때

멀쩡히
하늘을 날던 새가
아래로 툭 떨어질 때
떨어져서 얼음처럼 부서질 때
멀쩡히
잠을 자던 아이들 얼굴이
하나둘 지워질 때
지워진 얼굴들이
땅속으로 행진할 때
예고도 없이
전조도 없이
산이 쪼개질 때
주술사들이 밤새워 주문을 외우고
주문은 하늘에 닿지 않을 때
멀쩡하던

꿈자리

관이 자꾸 보인다

예행연습 없이도
잘 해낼 수 있다고 믿는 마음에
관이 또 보인다

하나가 눕기도 부족한데
둘이 누우려니
불편하기 그지없다
게다가 뚜껑이
안 맞기까지 하다
지난번처럼 너무 무거워서
들 수 없는 것보다는
나은 것인지도 모른다

춥다고 했을 뿐인데
거기다 넣어주는 이유를 알 수가 없다
이불 한 장이면 될 것을
솔가지까지 넣어주는 이유를
알 수가 없다.

파국
—네오 원시시대 1

아버지들은
때로
아내들과
딸들을
혼동했다

아버지들은
때로
아들들과
적들을
혼동했다

늑대가 들판으로 나가는 시간
아들들이 모여서
칼날을 세우는 시간

그때도 아버지들은
지는 해와
뜨는 달을 혼동했다

파국이 다가오고 있었다

네오 원시인

그가 밀다고 생각했을 뿐인데
주먹이 먼저 나가 있었다
그의 턱이 돌아가 있었다

내 것이었으면 좋겠다고 생각했을 뿐인데
벌써 내 것이 되어있었다
낯익은 얼굴이 옆에서 울고 있었다

작대기를 두드리며 소리를 지르자
사람들이 뛰쳐나왔다
더 크게 지르자 더 많이 뛰쳐나왔다

잘 걷다가도 엎어지는 때가 있었다
엎어지는 곳 거기가 그대로
식탁이 되고 화장실이 되고 침대가 되었다

누구에게도 행선지를 말해 준 적 없는데
달이 별들을 데리고 쫓아왔다
끝까지 쫓아왔다

거짓말

입을 열 때마다
그의 입에서
뱀딸기 맛 팝콘이
툭, 툭
터져 나온다

팝콘을
주워 먹은 사람들
입술이
빨갛다

나는 성공한 사람

나는 탈옥에 성공한 사람
감시의 눈을 피해 파놉티콘을
빠져나온 사람
막아서는 벽들을
온몸으로 뚫은 사람
고공 절벽에서 뛰어내리고도
죽지 않은 사람
넘실대는 파도 속을 헤엄쳐
바다를 건넌 사람
마지막 관문
국경을 넘은 사람
유유히
자세히 뜯어보면
처절히
금을 그은 사람
수직선과 수평선을 딱 부러지게 그린 사람
이미 수많은 사람들이 깃발을 꽂았고
앞으로 수많은 사람들이 깃발을 꽂을지라도
나는 이 깃발을 꽂고야 만 사람
깃발 앞에 펼쳐진 것이

가시밭에 자갈밭뿐일지라도
나는 어쨌든
되돌아볼 수도 없는 사람
돌아갈 수도 없는 사람

동병상련

쑥 한 줌이 모자라, 마늘 한 쪽이 모자라
인간이 되지 못한 호랑이들에게
꼬리 하나가 모자라
인간이 되지 못한 여우들에게
일 점이 모자라
만점이 되지 못한 불합격들에게
만 원짜리 하나가 모자라
사람 구실이 되지 못한 밥값들에게, 술값들에게
영 점 영 일 초가 모자라
금메달이 되지 못한 올림픽 기록들에게
표 하나가 모자라
당선이 되지 못한 선거들에게
한 조각이 모자라
완성이 되지 못한 퍼즐들에게
두 발자국도 아니고
한 발자국이 모자라
잘리고 만 선착순들에게
딱 한 사람이 모자라
의인이 되지 못한 소돔에게, 고모라에게
정말 한 사람이 모자라
피를 보아야 했던 마리 앙투아네트의 단두대에게도

희망이 올 때

네가 올 땐 가장
커다란 신발을 신고 왔으면 좋겠어
네가 오는 소리를 지쳐 잠든 귀들이
가장 먼저 들었으면 좋겠어
네가 올 땐 가장
큰 등을 들고 왔으면 좋겠어
가장 낮은 곳에 있는 눈들이
제일 먼저 알아볼 수 있도록
그 빛이 높고 환했으면 좋겠어
네가 올 땐 가장
긴 꼬리를 달고 왔으면 좋겠어
너무 늦어버린 손들
나중에라도 달려가
네 꼬리에 매달릴 수 있도록
꼬리가 길고 질겼으면 좋겠어
쿵쾅쿵쾅 네가 오는 소리에
닫혔던 창들이 하나둘씩 눈뜨고
옹이 진 마음들 풀어졌으면 좋겠어
아주 가버렸던
희망이 다시 올 때

III

신혼의 식탁

어제저녁에는 남동생이 식탁에 앉아있더니
오늘 저녁에는 웬일인가 아버지
아버지가 식탁에 앉아있다
식탁에 앉아서 밥을 기다리고 있다
아버지는 집에 엄마가 있잖아요
말은 못 하고 생각만 하면서
밥솥의 밥을 푼다
이렇게 멀리까지 따라오면 곤란하다고
말은 못 하고 생각만 하면서
반찬을 꺼내 놓는다
마흔이 넘었어도 신혼은 신혼이라고
말은 못 하고 생각만 하면서
이 남자 속에 도대체 몇 사람이 들어앉은 걸까
말은 못 하고 생각만 하면서

주말엔 가까운 데 가서 오리고기라도 먹을까?
턱에까지 흰 수염이 나기 시작한 아버지가 말한다
주말에도 아버지는 이 집을 나가지 않을 모양이다

꿈꾸는 뻥튀기 트럭

지하보도 계단 위에
바구니 바구니 놓여 있는
풋고추며 가지들도 안쓰럽지만
낡은 트럭 가득 실린
뻥튀기들은 더욱 눈물겹다
트럭 가득한 저 뻥튀기와 튀밥들
원래대로 되돌려 놓으면
쌀 몇 됫박에 옥수수 마카로니 몇 됫박밖에 안 나오리라
아파트를 튀기는 재주도 없고
땅을 튀기는 재주도 없고
주식을 튀기는 재주는 더더욱 없으니
무언가가 쑥쑥 불어나는 것은 마술 같기만 한데……
야채 행상은 지나쳐도
뻥튀기 트럭은 그냥 지나칠 수가 없는데……

결혼을 하고
임신을 하고서도
뻥튀기 사기는 계속되었고
나의 뻥튀기는 번번이 쓰레기통 속으로 들어가 있었다
식탁 위에는 뻥튀기 대신 유기농 과자가 놓여 있었다

입덧 때문도 입덧 때문이지만
뻥튀기 아저씨의 뻥뻥 터지는 꿈을 지켜주고픈 내 마음을
남편이 알 리가 없다
뻥튀기 아저씨는 부인하더라도
살림이 쑥쑥 부풀어나는 꿈을 꾸지 않고서야
뻥튀기 자루들에 둘러싸여 팔리지 않는 뻥튀기를 계속
튀겨내고 있을 리가 없지 않느냔 말이다
나라도 사주어야 뻥튀기 트럭이 조금이라도
가벼워지지 않겠느냔 말이다
유통기한이 없는 저 꿈이
조금이라도 빨리 소진되지 않겠냔 말이다.

행복 가구점

　살다 살다 장롱을 가져와 바꿔달라는 사람은 처음 본다
고 몇 번 쓰지도 않은 이 장롱을 사 간 지 얼마 되지도 않
은 이 장롱을 행복 가구점에서는 바꾸어주지 않겠다는 것이
다. 아니 세상에 신던 구두도 환불해 주고 입고 있던 속옷
까지 새것으로 바꾸어주는 판에 못 바꿔주는 것이 어디 있
냐고 따져도 행복 가구점의 대답은 단호한 것이다. 소비자
보호원에 고발하고 인터넷에도 올리겠다고 협박 아닌 협박
을 해도 이 서쪽 시에는 소비자보호원 같은 건 애초에 있지
도 않다는 것이다. 동쪽 시에서 여기까지 싣고 온 정성을 생
각해서라도 웬만하면 사정을 좀 봐달라고 해도 그렇게 처음
부터 잘 고르지 그랬느냐고 내 안목만을 탓하는 것이다. 그
리고 이 장롱도 쓰다 보면 정이 들 거라는 것이다. 같은 나
라인데도 동쪽 시와 서쪽 시는 달라도 어쩜 이렇게 다르냐
고 나는 또 내 경솔을 탓하는 것이다. 그래서 이 비싼 장롱
을 그러나 도무지 내 방에는 어울리지 않는 이 장롱을 동쪽
시와 서쪽 시의 경계쯤에 어정쩡하니 걸쳐두고 있는 것이다

오리무중

지금 이 언덕을 올라가는 중인가 내려가는 중인가
이 떡잎은 피어나는 중인가 시드는 중인가
이 얼음은 어는 중인가 녹는 중인가
이쪽이 앞인가 저쪽이 앞인가
아무리 뒤집어 봐도 알 수가 없을 때
지는 게 이기는 거라는
알 것도 같고 모를 것도 같은 말처럼
기쁨과 슬픔이 뒤범벅된 눈물처럼
끝인가 하면 시작이고 시작인가 하면 끝이어서
삼킬 수도 없고 뱉을 수도 없는
이 오리무중을

무항심

항산은 어디에 있나
오악의 으뜸
항산은 어디에 있나

항산은 보일 듯 보일 듯 보이지 않고
닿을 듯 닿을 듯 닿지 않았다
항산이 없으므로
나는 휩쓸려 다녔다
항산이 없으므로 마음만 휩쓸려 다녔다
항산엔 무엇이 있나 알지도 못하면서
알 수도 없고 알 필요도 없으면서
항산에 가려고
항산에 가고야 말려고

항산이 없으므로 나는 귀가 얇아졌다
항산이 없으므로 나는 마음도 어두워졌다
어두워진 마음으로 소문에 기대면서
항산에 가고야 말려고
누구는 항산에 오르자마자 죽었고
누구는 항산에 오르면서 죽었고

또 누군가는 보지도 못하고 죽었다
그래도 항산에 가보기는 하려고
일단 가보기나 하려고

항산은 어디에 있나
오악에서도 제일
항산은 어디에 있나

이사

이사를 하고 나니
내 방이 없어졌다
전에는 안방도 서재도 작은방도
모두 내 방이었는데
이 넓은 집에 내 방이 없다
안방을 열면 누군가 침대를 차지하고 있다
주방에 가면 누가 전기밥솥을 열어보고 있다
욕실에서는 누가 머리를 빗고 있다
문을 열 때마다 누가 왈칵왈칵 쏟아진다
나는 덜컥덜컥 놀란다

함부로 이사를 하는 것이 아니었다

내담자

기억의 끝에는 늘 엄마가 있어
이제는 희미해져 잘 보이지도 않는 엄마를
자꾸만 들여다보라고 하네

엄마는 물결 따라 가늘게 흔들리고 있어
주먹으로 엄마를 내리치면은
엄마는 흩어졌다 재빨리 돌아온다네
군데군데 멍든 엄마

엄마를 찾아 물속으로 들어가 보네
엄마의 손길처럼 거칠고 차가운 물
엄마는 왈칵 쏟아질 것만 같아

그러나 결국 제자리인 엄마

우울의 끝에는 늘 엄마가 있어
곳곳에 스며들어 잘 떨어지지도 않는 엄마를
자꾸만 떼어내라고 하네 자꾸만

그때 그 사과

왜 하필 그 사과였을까 사과는 많았다 머리끝에서부터 발끝까지 사과나무는 사과를 달고 있었다 그런데 왜 하필 그 사과에 손이 갔을까

왜 하필 그 사과나무였을까 사과나무는 많았다 과수원 입구에서부터 끝까지 과수원은 사과나무를 담고 있었다 그런데 왜 하필 그 사과나무에 멈춰 섰을까

왜 하필 그 과수원이었을까 과수원은 많았다 동네 어귀에서부터 과수원이 펼쳐지고 있었다 어디가 끝인지도 알 수 없었다 그런데 왜 하필 그 과수원으로 들어갔을까

과일은 많았다 배 포도 참외 딸기부터 멜론 구아바 망고 스틴까지 과일은 없는 게 없었다 그런데 왜 하필 사과였을까

그때 그 사과 위로 어떤 바람이 지나갔길래 어떤 입김이 지나갔기에 그때 그 사과는 그때 그 사과가 되었을까

두 남자 1

기억이 나질 않는다

어디서부터 나를 따라온 것일까

한 남자가 나를 내려다보고 있다

남자 옆에서 사내아이가 나를 올려다보고 있다

아이의 얼굴은 나를 반 닮고 남자를 반 닮아있다

어디서부터 나를 따라온 것일까

어디서부터 나를 따라와 내 치마를 붙잡고 있는 것일까

내 치마를 붙잡고 내 방으로 따라 들어오겠다는 것일까

생각이 나질 않는다

두 남자 2

조금만, 조금만 더

그냥 두자

아직은 자기가
제일 센 줄 안다
아직은 자기가
제일 무서운 줄 안다
아직은 자기가
없으면 안 되는 줄 안다
아직은 잘했다면 정말 잘한 줄 알고
좋다면 정말로 좋은 줄 안다

제 부피를 못 이겨
밤송이가 벌어질 때까지
제 무게를 못 이겨
밤알이 떨어질 때까지

조금만 더
그냥 뒤 두자

누가 나를 지우고 있다
―충돌 1

누가 내 입술을 지우고 있다
누가 내 귓바퀴를 지우고 있다
누가 내 눈동자를 지우고 있다

질 좋은 지우개로 쓱쓱
내 머리통을 지우고 있다

말이 너무 많다고
아니, 귀가 너무 어둡다고
아니, 눈이 너무 흐릿하다고
아니, 아니
그 성격은 도저히
참아줄 수가 없다고

질 좋은 지우개가
쓱쓱
머리통을 지나갈 때마다

내가 점점 희미해지고 있다

내가 점점 꺼져가고 있다

침묵

이 비닐은 찢어지지 않는다

아무리 힘을 주어도 칼이 들어가지 않는다

아무리 긁어도 긁히지 않는다

비닐 속에 갇힌 공기는 점점 딱딱해진다

딱딱해진 공기는 점점 차가워진다

이 비닐은 눈물을 흡수하지 않는다

이 비닐은 애원도 흡수하지 않는다

혓바닥을 칭칭 감은 불투명의 거미줄들

아무리 걷어내려고 해도 걷어지지 않는다

소문 속의 나

소문 속의 나는
마흔이 넘어 결혼을 해서 한 방에 아들을 낳고
사업가 남편과 결혼기념일마다 해외여행을 하고

소문 속의 나는
관운도 좋아 예순다섯까지 정년이 보장되는
철 밥통 직장을 잡고

소문 속의 나여
이리로 잠깐 건너와다오
이 섬으로 건너와서
그 넘치는 햇살 조각을
나누어다오
눅눅해진 이 이불을
좀 말려다오

섬 둘레로 파도는 높고
소문 속의 나는
갈수록 화사한 웃음을 짓고

새가 된 아내

유언은 너무나 짧았네
남편의 말을 자꾸 들어주다간 너도 나처럼 새가 될 거다
깃털을 몇 개 남기고 엄마는 멀리 날아가 버렸네

여보 밥,
여보 물,
여보 리모컨,
여보 전화기,
여보 커피,
여보, 여보, 여보

돋아나는 깃털은 아름다웠네
아름다운 깃털이 몸을 덮었네
이러다간 새가 되어버리겠어요
아내의 하소연은 간곡했네

여보 밥,
여보 물,
여보 리모컨,
여보 전화기,

여보 커피,
여보, 여보, 여보

깃털을 몇 개 떨군 채 새는
인도네시아의 전설에서 서울의 현재까지 날아왔네
남편의 말을 자꾸 들어주다간 당신도 나처럼 될 거예요
새는 말하네 싱크대 선반에 앉아 말하고 또 말하네

여보 밥 여보 물 여보 리모컨 여보 전화기 여보 커피
여보 여보 여보 여보 소리 귓가에 쟁쟁하네

신생아 중환자실 근처

산부인과 병동은 응급실 가까이에 있었다
그날 새벽엔 앰뷸런스 소리가 유난했다
아침엔 여자 하나가 고래고래 소리를 질렀다
도무지 우는 소리 같지 않았다
교복을 입은 남학생 둘이 응급실로 걸어 들어갔다
비가 잠시 그친 사이 비둘기가 구구 울었다
밤새 취객의 소란이 끊이지 않는 날도 있었다
두 남녀가 밤새 소리 높여 싸우기도 했다
여기에 들어오던 날은 장례식장 건너 카바레 음악 소리
가 요란했었다
누워서 듣는 카바레 음악은 바흐보다 무거웠다

침상에서 블라인드가 쳐진 창까지는 네 발짝 거리
블라인드 밖은 초음파 사진처럼 어두웠다
초음파 사진 속을 부유하는 뿌연 별들
가능한 한 하루라도 더 버텨야 한다는 것 말고는
아무것도 분명한 것이 없었다
지금 낳으면 살 가능성이 거의 없다는 의사의 말은
너무 단호해서 현실감이 없었다

입원한 지 한 달이 넘고서도 거기가 분만실이란 걸 알
지 못했다

모두가 비상대기 상태란 걸 알지 못했다

무엇을 되돌린다거나 무엇을 탓하고 싶지는 않았다

대신 아무런 기도도 나오지 않았다

밥과 약과 주사만으로도 하루하루는 바빴다

인생에는 가정이 있을 수 없으므로 아무것도 미리 정하
지 않기로 했다

다만 한 가지,

이 병실을 벗어나면 밤마다 나타나는 우주인을 따라 나도
우주 속을 유영해야지 생각했다

블루 아워

당신의 집은 해저 구만리

돛단배 가득 태양을 싣고 바다로 바다로
달려 나가지

멸치 떼는 말할 것도 없고 돌고래도 상어도
당신을 본 적이 없네

초조해진 나는 시계며 김밥이며 일기장을
닥치는 대로 바닷속으로 집어 던지네

무엇이건 당신께 가서 닿기를
닿은 끝에 당신이 딸려 나오기를

당신의 집은 해저 십만 리 혹은
해저 억만 리

당신에게 선물할 해는
부스러기조차 남지를 않고 배에도
심해 같은 어둠이 오네

바다의 중력이 배를
끌어당기고 있네

IV

별리

내가 더는 따라갈 수 없는 곳까지
당신은 가버렸는가

잡았던 손을 놓은 지는 이미 오래
더는 소리쳐 부를 수도 없는 곳까지
당신은 가버렸는가

돌아오지도 않을 거면서
당신은 이따금 뒤돌아보는가

오라는 것 같기도 하고
가라는 것 같기도 한 손짓

나는 반쯤은 웃고 반쯤은 우는 얼굴로
당신을 보고 있는가

오래오래 보고 있는가

풍경

아빠를 더 보고 싶은 마음과 그만 보고 싶은 마음이
내 안에서 싸우고 있어
임종실을 뛰쳐나가며 아이가 말했다

그래 천천히 생각해 봐
그리고 어떤 마음이 이겼는지 알려 주렴
아이의 손을 잡으며 여자가 말했다

얼마 전 여자도 비슷한 싸움을 했었다
남자를 아이에게 보여 주고 싶은 마음과
남자를 아이에게 보여 주고 싶지 않은 마음

영웅의 최후는 비참했다
나라를 세우고 백성들을 먹여 살렸으나
자신의 나라를 볼 수도 백성들을 만질 수도 없었다
백만 대군을 호령하던 입에서
끊임없이 신음 소리가 흘러나왔다

호위 무사들이 갑옷과 무기를 떼어내자
영웅은 눈을 감았다

영웅의 머리 위로 흰색 왕관이 씌어졌다

장례식장은 옆 건물에 있었다
거기로 가는 길을
아이와 여자가 조용히 따라갔다

부서진 집 쪽으로

전쟁은 끝이 났다
잠들 수 없는 불안도 끝이 났다

신발을 갈아 신고 집으로 가야 할 때
가서 밀린 잠을 청해야 할 때

잊을 수 없는 일은 너무 많지만
아무것도 기억하지 않기로 하자

사람들은 묻고 싶겠지
무슨 일이 있었느냐고

전쟁이 났고
나는 군인이었을 뿐
전쟁이 끝났고
나는 돌아왔을 뿐

사방이 적이었으나
한 놈도 조준하지 못했고
천지가 지뢰였으나

죽지 않고 살아왔으니
이만하면 되었다 생각할 뿐

하루하루는 5막짜리 연극처럼 길었지만
10년 전쟁은 하루아침에 끝이 났다

옷을 갈아입고 집으로 가야 할 때
부서진 집을 향해 무작정 걸어야 할 때

유월에서 일월까지

해 질 무렵의 이 먹먹함은
겨울을 향한 것일까
여름을 향한 것일까

1월에 한 사람이 떠나고
6월에 또 한 사람이 떠났다

두 번째 겪어도
이별은 역시 쉽지 않았다

이렇게 말짱한 사람이
슬픔은 더 오래간다고
실컷 울라고들 했지만
슬프다기보다는, 뭐랄까,
그저 먹먹했다

유월 지나고 다시 일월
내 것이 아닌 것만 같은 기억들
새록새록 살아났다

봄, 새벽

시를 쓰는 내가 좋고
시를 쓰는 나를 좋아하는 내가 좋고
나도 이런 긍정적인 생각을 하기도 하는구나
깨닫는 게 좋고
그 깨달음을 준 게 시라는 게 더욱 좋고
뭐랄까 시가 자꾸 써질 것 같은 느낌이 좋고
느낌이 좋아서 좋고
좋다고 자꾸자꾸 말하니 좋고

내가 미쳐가는 것은 아닌가 싶은
봄, 새벽

꽃뱀 2

정신적으로도 또 경제적으로도
무엇보다 육체적으로도
나는 당신에게 속했던 적이 없지

속해 있지 않았으므로
쉽게 당신을 빠져나왔지
빠져나와 누구에게든 가지

인생은 짧고
당신은 다시는 나를 포획할 수 없지
기회는 단 한 번뿐이므로

물론 나도 슬프긴 하지
당신이 더 잘 알다시피
덫은 많고 나는 눈이 어두우니까

그러나 나는 운명을 따르기로 했지
나 자신도 설명할 수 없는 나를
숙명이라 믿기로 했지

스타

엎드려있으면 죽는다
가려져 있어도 죽는다
숨어있으면

더 빨리 죽는다

이 판에 남아있는 한
휴가는 없다
낮잠도 없다

움직이지 않으면 죽는다
가만히 있으면 죽는다

저 서치라이트는 원래부터가 정교하지를 않았다
직경도 크지가 않았다

조용하면 죽는다
보이지 않으면 죽는다
죽으면 그 길로
아주 끝이다

위대한 유산

엄마는 나를 사랑했지만?

이 질문에 대해
막냇동생은 이렇게 썼다

바빴다

나?

나는 솔직하게 썼지
자기 자신을 더 사랑했다

남동생은 보나 마나 이렇게 쓸 것이다
그럴 리가 없다

토끼의 형상을 하고 있었지만 사실은 범이었던 엄마
지금은 두루마리 화장지보다 얇아져 버렸지만
유산만은 확실하게 물려주셨지
우리 네 형제자매에게 하나도 빼지 않고 물려주셨지

그래서 둘째 동생은 뭐라고 썼느냐고?
나를 투명인간 취급했다

반전

나는 이제
사랑에는 걸지 않는다
사랑에 비하면 돈이 한결 윗길이다
버는 대로 들어오고 쓰는 대로 나가는
돈이 한결 숭고하다

사랑도 사람을 울렸고
돈도 사람을 울렸지만

돈에 울었던 자리
말쑥하다
깨끗하다

사랑도 사람을 속였고
돈도 사람을 속였지만

사랑이 속인 자리
두고두고 상처뿐이다
후회뿐이다

판돈을 높여도 승률은 높아지지 않았고
더는 잃을 것이 없다고 생각했으나
또 잃을 수밖에 없었던 사랑
또 잃고 말았던 사랑

손을 뗐다고 생각했으나
어느새 손이 가있었던 사랑

나는 이제 사랑 같은 건 하지 않는다
절대 믿지 않는다

얼룩 고양이

회색이 아니랍니다
흰색과 검정색으로 되어있어요
반반이 아니랍니다
여기저기 섞여 있어요
야옹야옹
모가 아니면 도랍니다
개나 걸 같은 건 난 몰라요
여름이 지나고 겨울이 오고
겨울이 지나면 또 여름이 와요
천국의 옆집은 바로 지옥
그래도 벽은 견고하지요
냉탕과 온탕을 왔다 갔다 하는 것
핀란드의 오래된 건강법이라네요
늦은 저녁 후
난간 위로 걷고 있으면
흰 고양이 검은 고양이 모두 쳐다보지요
아슬아슬하다고 내려오라지만
나는야
야옹야옹 얼룩 고양이
더는 아무것도 무섭지 않아요

떨어질까 불안하다고 다들 피해 가지만
나는야
야옹야옹 얼룩 고양이
나 자신 말고는 누구도 해치지 않아요
나 자신 말고는 누구도 해칠 턱이 없어요
회색이 아니랍니다
야옹야옹 야옹야옹
얼룩 고양이
죽기 아니면 살기랍니다

택권이를 추모함

시를 잘 썼으나 시인이 되지 않았고
유능한 출판인이었으나 출판사를 갖지 않았던
택권이
택권이 가다

술을 좋아했으나 술에 약했고
사람을 좋아했으나 사람에 더욱 약했던 택권이
세상을 바꾸고 싶었으나
옥탑방도 바꾸지 못했던 택권이

기쁠 때나 슬플 때나 좋을 때나 싫을 때나
부질없어요
다 부질없어요
하던 택권이
파리한 손 파리한 얼굴이 부질없어요

목소리도 희미하고
웃음소리도 희미해서 오히려 눈에 뜨이던
택권이
택권이 가다 아주 가버리다

남편 갔을 때도 안 썼던 시를
쓰게 만든 택권이
야, 그렇게 가버리는 게 어딨어 하면
짜식, 허여멀건 하게 웃으면서
누나, 다 부질없어요
하겠지

모든 것이 부질없고 부질없었던 택권이
끝내 부질없어지다
영영 부질없어지다

아들아 내가 새아빠를 데리고 왔다

아들아 내가 새아빠를 데리고 왔다
불의 고리를 넘고 오호츠크해 기단을 건너서
새아빠를 모시고 왔다
이십 세기를 거슬러 중세 이전까지 올라가
새아빠를 찾아 왔다

피 한 방울 섞이지 않았어도 새아빠는 새아빠
생김새가 아주 달라도 새아빠는 새아빠

그래서 내 성은 무엇이냐고
무슨 성씨가 되어야 하느냐고 너는 묻느냐

새아빠는 코르시카섬에서 보르지긴 족장의 아들로 태어나
북서항로 탐험기를 즐겨 읽었지
아버지가 아끼던 체리 나무를 손도끼로 찍은 적도 있지만
사과나무에서 사과가 툭
떨어지는 것을 보고
우주의 비밀 하나를 풀기도 했어
미국으로 가는 배 안에서 자신의 호를 도산으로 지어두
었지

미국을 떠나 아파르트헤이트를 종식시키고
제나라 위나라 송나라 진나라를 거쳐 노나라에서 오랫
동안 지냈었지

일곱 살이면 아직은 아빠가 필요한 나이
나는 또 새아빠를 찾으러 가마
너는 세상 누구보다 많은 아빠를 두었으니
세상 누구보다 당당하여라
이 많은 새아빠들을 등불로 삼아
세상 어디까지 뻗어 나가라

어느 아침의 기도

제 어디가 그렇게 맘에 안 드세요
어제도 오늘도 내일까지
제 어디가 그렇게 싫으세요

이 눈빛
이 말투
이 소동
모두 당신이 주신 거잖아요

그래도 그렇게 맘에 안 드세요
이렇게도 빚고
저렇게도 빚어보다
그냥 포기하고 던져놓으셨던 건가요

더는 이렇게는 할 수 없어요
더는 이렇게는 하기 싫어요

듣고 있나요?
듣고 있나요?

절대 고독

이 행성 어딘가에
발열체가 있을 것이다
.
.
.
.
.

반
드
시
있
어
야
한
다

해 설

역설로 고백하는 삶에 대한 역설

강성률(영화평론가, 광운대 교수)

1. 때늦은 후회

나는 영화평론가이다. (당연하게도) 이 말은 내가 영화를 평론하는 사람이라는 의미이다. 그러므로 나의 전문 분야는 영화이다. 그런 사람이 시집의 해설을 써도 되는가? 물어볼 것도 없이 자격이 되지 않는다고 생각하기 때문에, 시집 해설을 써서는 안 된다. 더구나 오랜만에 시집을 출간하는 시인의 경우라면 더욱 그러하다. 그런데 나는 지금 한명희 시인의 시집 해설을 쓰고 있다. 왜 이런 일이 발생했는가? 사건의 발단은 이렇다. 언젠가 모처럼만에 가진 자리에서 한명희 시인이 새로운 시집을 출간할 계획이라는 이야

112

기를 듣고 너무나 기쁜 나머지 영화와 시의 관계에 대해 이야기를 한 후 획일적인 문학평론가의 해설도 좋지만, 가끔은 다른 시선의 해설도 필요하다고 이야기했었다. 아마 그 자리에서 시가 점점 '죽어가는' 작품의 상황에서 색다른 노력이 필요하지 않겠냐고 객기도 부렸던 것도 같다. 말 그대로 술기운을 빌려 큰소리친 것이었다.

얼마 후 한 시인이 정말로 전화를 해서 새 시집의 해설을 써달라고 했을 때, 나는 그런 사실을 까맣게 잊고 있었다. 술자리의 이야기가 언제나 그런 것처럼, 그런 이야기를 했다는 사실조차 기억하지 못하고 있었던 것이다. 전화를 받고 가만히 생각하니, 희미하게 기억이 났다. 정중히 사과하면서, 좋은 문학평론가나 시인에게 부탁하는 것이 좋겠다고 이야기했지만, 영화평론가의 시선으로 시를 보는 것도 의미 있는 일이라고, 더러는 문학평론가도 영화에 대해 글을 쓰고 있으니 그런 심정으로 편히 쓰면 된다고 해, 더 이상 거절하기가 어려웠다. 잘 쓰지도 못할 거면서 계속 거절하는 것도 도리가 아닌 것 같았다. 말이 앞서면 언제나 후회하게 된다는 당연한 진리를, 더구나 술자리에서는 특히 말을 조심해야 한다는 것을 다시 한 번 깨달으면서 영화평론가가 시에 대해 어떤 이야기를 해야 할지 고민했다. 글을 쓰는 동안 시집 해설이 어떤 형태의 글보다 어려운 글쓰기라는 사실을 직시하면서 후회에 후회를 거듭했다.

언젠가 한 문학잡지에 영화의 리듬에 대해 글을 쓴 적이 있다. 시인인 그 회사의 대표가 청탁하면서, 영화에도 리듬이 있냐고 물어서, 당연히 리듬이 있다고, 아니 영화야말로 리듬이 정말 중요하다고 이야기하면서 영화의 리듬에 대해 글을 썼었다. 영화에는 카메라의 이동에 따른 리듬도 있고, 편집 때문에 발생하는 리듬도 있고, 연기에 의한 리듬도 있지만, 결국 이 모든 것을 합쳐 스토리텔링의 리듬이 있다고 이야기했던 것 같다. 그 글의 한 부분이 박목월의 「청노루」를 카메라 기법으로 분석하는 것이었는데, 카메라의 유려한 흐름에서 특유의 리듬이 발생하면서 시청각적 효과도 발생한다고 보았던 것이다. 지금도 박목월의 시는 카메라의 시각으로 분석하면 그만의 시각적인 시의 특징이 잘 드러난다고 믿고 있는 편이다.

이런 질문을 가끔 해본다. '영화적인 시' '시 같은 영화'라는 용어가 성립할 수 있을까, 라는 질문. 그전에 영화적인 시라는 용어에서 영화적인 것은 무엇이고 시는 무엇일까? 근원적인 의문이 꼬리를 물고 이어지는데, (이런 거대한 질문은 뒤로 하고) 이 글에서는 영화평론가의 시선으로 시를 보려한다. 이것은 영화와 시의 근원적인 물음을 찾아가는 것이 아니라 강성률이라는 한 명의 영화평론가의 시선으로 한명희라는 시인의 네 번째 시집을 살펴보려는 의도이다. 이 부분에서 중요한 것은 단어와 문장의 연결, 즉 몽타주적 편집의 잣대이다. 한명희 시인의 시는 카메라의 이동을 추구하기보다는 단어와 단어의 연결, 더 나아가 상황과 상황의 연결과 배치를 통해 특유의 의미를 추구하는 시가 많기 때문이다. 말이 길어지고 있다. 길게 이야기하기 이전에 먼저 시집에 있는 시를 하나 보려 한다.

무슨 영화가 이렇게도 긴가
한참을 자고 일어나도 영화는 계속되고 있다
아까 본 것만 같은 장면
자세히 들여다보면
커피가 한 모금 줄어있다
담배가 조금 더 타들어 가 있다
자막이 없는 영화 속
사람들은 웅웅거리면서 붕붕 떠다닌다
무슨 말을 하겠다는 것도
무슨 말을 듣겠다는 것도 아니다
다만 이 화면 속을 떠나기가 싫다는 것이다
영화는 가끔씩 페이드아웃된다

전화벨 소리. 날카로운 전화벨 소리. 그리고

영화는 다시 이어진다
모든 이야기가 그렇듯 여기에도
확대하고픈 장면은 있다
그러나 이 영화는 클로즈업 기법을 쓰지 않는다
아무것도 또렷해지지 않는다
저 창문을 닫겠다는 것인지
저 창문을 열겠다는 것인지
누가 창가를 서성이고 있다
그 장면이 몇 년째 계속되고 있다

영화는 가끔씩 페이드아웃된다

전화벨 소리. 날카로운 전화벨 소리. 그리고……

무슨 영화가 이렇게도 긴가
감독마저 포기한 이 영화가
결코 개봉될 수도 없는 이 영화가
　　　　　　　　　　—「길고 지루한 영화」 전문

　시인은 영화라는 매체를 삶의 어떤 부분에 비유하고 있
는 것 같다. 제목에서 드러난 것처럼 "길고 지루한 영화"란
"한참을 자고 일어나도" 계속되는 영화인데, 그 영화는 "아
까 본 것만 같은 장면"이지만 "자세히 들여다보면/ 커피가
한 모금 줄어 있"는 정도이다. 아마도 지독한 롱테이크로 진
행되는 영화 같은데, 눈여겨보지 않으면 상황이 변화했다
는 것을 알 수 없을 정도로 지루한 영화이다. "확대하고픈
장면"이 있어도 "클로즈업 기법을 쓰지 않는" 이 영화는 그
냥 지켜볼 도리밖에 없다. "감독마저 포기"하고, 개봉도 될
수 없는 이 영화를 시인은 지켜보고 있다. 아마 시적 화자
는 지독히도 길고 지루한 영화를 보고 있는 것 같다. 영화
를 보는 것이 직업인 사람의 입장에서 이런 영화를 극장에
서 보고 있으면 참으로 괴롭다. 그럴 때 영화를 끝내는 방
법은 간단하다. 끝까지 보지 않고 극장을 나오면 되는 것이
다. 그럼에도 시적 화자는 극장 밖으로 나오지 않는다. 심

지어 연 사이에는 "날카로운 전화벨 소리"가 들려서 영화 관람을 방해하고 있다. 아마도 극장 안에서 다른 관객에게 전화가 온 모양이다. 물론 그 관객은 전화를 받지 않았을 것이다. 만약 그가 전화를 받았다면 "그리고" 이후에 다른 이야기가 나왔을 가능성이 크다.

이 시를 보면서 나는 한명희 시인이 영화를 통해 세상을 이야기한다는 생각이 들었다. 그리고 이 시에 나타난 세상에 대한 시적 화자의 태도가 이번 시집을 관통하는 시적 태도라고 생각한다. 즉, 길고 지루한 영화를 보면서 극장 밖으로 과감히 나오지 못하고 그 안에서 끊임없이 회의하는 모습이 이번 시집을 관통하는 삶의 자세, 또는 태도라고 생각하기 때문이다. 그래서 이 시를 보면서 참으로 안타까웠다. 과감히 나와야 하는데, 왜 그러지 못하는 것일까? 다르게 생각하면, 길고 지루한 영화 같은 삶을 우리는 견디면서 살아야 하기 때문일까? 만약 그렇다면 이것을 거부하는 길은 자살밖에 없다. 아니면 도피도 해당할 것이다. 그러나 그것은 옳은 길이라 하기 어렵다. 그래서 시인은 길고 지루한 영화 같은 세상을 묵묵히 살고 있다. 그야말로 '영화 같은 세상' '영화 같은 순간' '극적 기쁨'은 세상에 존재하지 않는다는 것을 그는 알고 있다.

2. 역설의 성립, 성립된 역설

영화를 한 단계 높게 끌어올린 역사적 사건 가운데 하나가 소비에트 몽타주의 발견이다. 신생 사회주의 공화국인 소비에트연방은 새롭게 탄생한 영화를 그들 공화국의 이념과 맞는, 새롭고 힘 있는 예술로 만들려고 했다. 지구의 반대편에 있으면서 자본주의라는 타락한 이념을 선도하고 있는 미국이 자본주의에 맞게 영화를 장르화해서 돈벌이로 대중화시켰다면, 노동자·대중을 위한 나라라는 사회주의 이념을 지닌 소비에트는 그 토대가 되었던 변증법을 편집이라는 영화적 개념 안에 녹여 내어 전혀 새로운, 그러나 매우 강한 힘을 지닌 영화를 만들어냈다. 몽타주는 편집을 의미하지만, 단순한 편집이 아니라 변증법적 원리를 통해 정正과 반反을 넘어 합合을 만들어내는 것을 말한다. 여기서 중요한 것은 정과 반을 통해 완전히 새로운 의미의 합을 만들어냈다는 것이다.

변증법적 몽타주를 이 부분에서 언급하는 것은 이 시집에서 발견할 수 있는 것이 정과 반의 직접적인 대조 또는 (영화적으로 말하면) 편집이나 병렬, 즉 합이기 때문이다. 가령 이런 식이다.

지금 이 언덕을 올라가는 중인가 내려가는 중인가
이 떡잎은 피어나는 중인가 시드는 중인가
이 얼음은 어는 중인가 녹는 중인가

이쪽이 앞인가 저쪽이 앞인가

아무리 뒤집어 봐도 알 수가 없을 때

지는 게 이기는 거라는

알 것도 같고 모를 것도 같은 말처럼

기쁨과 슬픔이 뒤범벅된 눈물처럼

끝인가 하면 시작이고 시작인가 하면 끝이어서

삼킬 수도 없고 뱉을 수도 없는

이 오리무중을

—「오리무중」 전문

　이 시를 보면 첫 문장부터 질문을 한다. "언덕을 올라가
는 중인가 내려가는 중인가"라고. 이것은 정반대의 상황을
한 문장 안에 담고 있는 것이다. 올라가는 것과 내려가는 것
은 전혀 다른, 반대의 상황이지만 시적 화자는 그가 스스로
가고 있으면서도 그 길을 올라가는 중인지, 내려가는 중인
지 몰라 자신에게 묻는다. 떡잎을 보고도 피어나는 중인지
시드는 중인지 묻고, 얼음을 보고도 어는 중인지 녹는 중인
지 묻는다. 이렇게 한 상황을 두고 어떻게 바라볼지 질문을
하던 시적 화자는 상황을 더욱 크게 확장하고 일반화한 뒤
우리의 삶을 "알 것도 같고 모를 것도 같은 말처럼/ 기쁨과
슬픔이 뒤범벅된 눈물처럼/ 끝인가 하면 시작이고 시작인
가 하면 끝이어서/ 삼킬 수도 없고 뱉을 수도 없는" "오리무
중"인 상황으로 정의해 버린다.

　여기서 내가 눈여겨본 것은 구체적인 사례에서 시작해 인
생으로 범위를 넓혀 인식까지 키워가는 시적 방법론이 아니

라 정과 반을 동시에 구사해서 결국 무엇을 얻었는가, 하는
점이었다. 시적 방법론으로 보면 이것은 역설에 해당할 것
이다. 서로 모순되는 두 개의 문장이 하나의 문장 안에 들
어있으니 그것은 현실에서 결코 성립될 수 없다. 어떻게 보
더라도 '시적 표현'이 되는 것이다. 모순적인 상황의 나열
인 이런 상황은 이번 시집에서 수시로 등장한다. 마라톤을
하면서는 "나를 앞질러 갔어도 나를 앞질러 간 것이 아니어
서 좋습니다 넘어졌어도 넘어진 것이 아니어서 좋습니다 끝
까지 끝까지 가보자는 것이어서 좋습니다 죽어서도 죽어서
도 달릴 수 있는 것이어서 좋습니다"(「마라톤」)라고 한다. 마
라톤이 인생의 비유라는 것은 식상한 것이지만, 그 마라톤
에서 나를 앞질러 갔지만 앞지르지 않았고, 심지어 끝까지
가보지 않았는데 죽어서도 달린다고 말하는 발상은 신선하
다. 코끼리를 삼킨 보아뱀을 보며 호랑이를 삼킨 자신을 상
상하면서는 "호랑이가 나를 삼킨 건지/ 내가 호랑이를 삼
킨 건지/ 도무지 알 수 없"다면서 "떠나고 싶지만/ 떠날 수
없"(「꽃뱀」)다고 한다. 죽은 이를 기억하는 기일에서 아마도
죽은 이를 연상하는 것 같은 구절에서 "그렇게 가까이 있는
데/ 그렇게 아무것도 보이지 않았다"(「기일」)고 고백한다. 자
살을 상상하면서는 "살려고 날아왔다/ 살려고 여기까지 왔
다"(「화요일의 자살에 대한 상상」)라는, 얼핏 보면 알 수 없는 토
로를 뱉는다. 앞부분에 인용한 「길고 지루한 영화」에서는
"저 창문을 닫겠다는 것인지/ 저 창문을 열겠다는 것인지"
모르겠다고 고백한다. 시적 화자의 이런 고백은 이 시집 안

에 가득하기 때문에 차라리 이런 역설이 부재한 시를 선택하는 것이 더 쉬울 정도이다. 시인은 '역설의 꽃 더미'에 묻혀 있는 형국이다.

그렇다면 여기서 질문을 해야 한다. 시인은 왜 이토록 역설에 치중하는 것일까? 왜 이토록 강하게 모순적 상황에 집중하는 것일까? 그보다 먼저 내가 주목한 것은 변증법적 몽타주와 이런 역설적 시적 표현이 어떤 관계에 있는지 분석하는 것이다. 앞에서 짧게 설명한 것처럼, 소비에트 몽타주는 정과 반을 함께 편집해서 합이라는 더욱 강하면서 새로운 의미를 창출해 내었다. 그렇다면 한명희 시인도 모순된 두 상황을 통해 더욱 크고 새로운 의미를 만들어내려는 것일까? 영화와 단순하게 비교할 수는 없지만, 한명희 시인은 몽타주 효과를 노리고 역설적 기법을 구사한 것 같지는 않다. 성립할 수 없는 두 상황을 동시에 제시하면서 그런 상황이 우리네 인생이라는 이야기를 하는 것 같다. 「오리무중」을 보아도 성립할 수 없는 두 상황이 같이 존재하면서 그 상황을 쉽게 파악하지 못하는 것이 우리네 인생이라는 이야기를 하고 있지 않은가. 이렇게 보면 한명희 시인이 파악하는 세상은 모순되고 역설적인 세상이지만, 어떻게든 그 혼란 속에서 살아가야 하는 세상이기도 하다. 실제 한명희 시인이 세상을 어떻게 바라보는지 알기는 어렵지만, 그의 시에 드러난 세상은 이처럼 모순된 역설의 상황이다. 이제까지 한명희 시인이라는 개인을 어느 정도는 알고 있다고 생각했던 나는 이번 시집을 읽으면서 그가 어떤 사람인지 알 수 없다는 생각을 자꾸만 했다. 이전에 출간했던 시집과는 다른 길을 걸어가고 있다는 생각도 들었다. 왜 한 시인은 이런 방식으로 세상을 바라보게 되었는지 자연스럽게 의문이 들었다.

3. 삶에 대한 태도 또는 자세

서시에 해당하는 시인의 말에서 시인은 직접 육성으로 이렇게 말했다. "당신이 꼭/ 이 시를 읽어주었으면 좋겠다// 읽고/ 아프지 않았으면 좋겠다"라고. 시인은 이번 시집이 무척이나 가슴 아픈 고백의 모음이고, 그래서 이 시집을 읽으면 독자들도 마음이 아플 것이라는 이야기를 먼저 하고 있는 것이다. 우리는 살아가면서 아픔을 자주 느낀다. 행복을 느끼는 경우는 그렇게 많지 않고, 대부분은 무감각하거나 아픔, 외로움, 슬픔 등을 벗 삼아 살아간다. 어쩌면 이것이 인간이라는 존재의 운명인지도 모른다. 그런 슬픔의 원인은 여러 가지겠지만, 그 가운데 하나는 죽음과 깊은 관련이 있을 것인데, 그래서인지 이번 시집에는 죽음을 거론하는 시편들이 유난히 많다. 가령 이런 식이다.

거울 안에서 누가 나를 보고 있다

여기가 더 따뜻하다고

여기가 더 편안하다고

거울 속에서 누가 내게 손짓하고 있다

네 속을 다 알고 있다고
네 손을 잡아 주마고
　　　　　—「수요일의 자살에 대한 상상」전문

시적 화자는 거울을 보고 있는데, 그 거울 안의 나가 밖의 나에게 말을 건다. "여기가 더 따뜻하다고/ 여기가 더 편안하다고". 살다 보면 이런 일을 겪을 때가 있다. 이 힘들고 거친 세상에서 눈 딱 감고 끝낼 수 있다면, 이라는 생각. 이 짧은 시는 그 상황을 말하고 있다. 그러나 이것은 매우 극단적인 표현이다. 삶이 역설적이고 모순적인 것은 여러 경험이 쌓여서 만들어진 것이다. 「길고 지루한 영화」처럼 그런 상황은 쉽게 끝나지도 않는다. 끝내려 한다고 끝낼 수 있는 것이 아니라는 것을 이미 알고 있다. 그런 진퇴양난의 상황이 우리의 인생이고, 한명희 시인이 바라보는 시적 세상이다. 그럼에도 끝내고픈 유혹이 없는 것은 아니다.

이런 생각이 든다. 통상적인 시들에서 흔히 말하는 희망을 노래할 수는 없을까? 시인은 그런 것에는 별 관심이 없는 것 같다. 가령 "비싼 장롱을 그러나 도무지 내 방에는 어울리지 않는 이 장롱을 동쪽 시와 서쪽 시의 경계쯤에 어정쩡하니 걸쳐두고 있"(「행복 가구점」)을 정도로 물질문명에 대한 욕심도 없다. 그러면서 꿈자리에서는 "관이 자꾸 보인다"(「꿈자리)라고 하고, "쑥 한 줌이 모자라, 마늘 한 쪽이 모자라/ 인간이 되지 못한 호랑이들에게"(『동병상련』) 동병상련을 느낀 다. 이뿐 아니다. "그때 그 사과 위로 어떤 바람이 지나갔길 래 어떤 입김이 지나갔기에 그때 그 사과는 그때 그 사과가 되었을까"(『그때 그 사과』)라는 다소, 철학적인 질문을 하고 있 다. 이런 생각을 하고 있으니 어떻게 세상을 긍정할 수 있 겠는가? 인간이 할 수 있는 것이 별로 없고, 그것을 하려는 의지도 별로 없는 상황 아닌가.

시인이 세상과 끊임없이 불화하고 있다는 것을 단적으로 보여 주는 시가 있다. 이번 시집에 실린 시들은 대부분 알 레고리적 상황을 시적 은유로 표현한 경우가 많은데, 이 시 는 유독 그런 경향과 벗어난다.

소문 속의 나는
마흔이 넘어 결혼을 해서 한 방에 아들을 낳고
사업가 남편과 결혼기념일마다 해외여행을 하고

소문 속의 나는
관운도 좋아 예순다섯까지 정년이 보장되는
철 밥통 직장을 잡고

소문 속의 나여
이리로 잠깐 건너와다오
이 섬으로 건너와서
그 넘치는 햇살 조각을

나누어다오
눅눅해진 이 이불을
좀 말려다오

섬 둘레로 파도는 높고
소문 속의 나는
갈수록 화사한 웃음을 짓고

—「소문 속의 나」 전문

그토록 원하던 시인이 되고, 국립대의 교수가 되고, 사업가와 결혼한 뒤 아들도 낳은, 세속의 잣대로 보면 참으로 행복해 보이는 소문 속의 나는 소문 속의 나일 뿐이지 나의 진짜 모습이 아니다. 너무나 당연한 말이지만, 사회적 지위나 경제적 조건이 사람을 행복하게 만들지는 못한다. 한명희의 이전 시집의 몇 편들에서도, 즉 '등단 이후' '박사 이후' '교수 이후' 등의 상황이 전혀 행복을 주지 못한다는 것을 고백했듯이 '결혼 이후'에도 행복이 찾아오는 것은 아니라고 단적으로 말한다. 오히려 결혼한 젊은 남자는 오래된 아버지와 닮아있고(「신혼의 식탁」), 남편과 아들이 내 인생의 "어디서부터 나를 따라온 것"(「두 남자 1」)인지도 알지 못한다. 남편은 수시로 "여보 밥,/ 여보 물,/ 여보 리모컨,"(「새가 된 아내」) 하면서 괴롭힌다. 삶은 결코 행복하지 않다.

세상의 잣대라고 할 수 있는 교수, 물질, 자식은 행복의 근원이 아니다. 삶은 언제나 외롭고 힘들고 괴롭다. 그렇다고 시인이 삶의 비관을 즐기거나 비관적 태도로만 일관

하는 것은 아니다. 뻥튀기를 튀기는 아저씨의 그 작은 꿈을 져버리고 싶지 않아서 매일 뻥튀기를 사고(「꿈꾸는 뻥튀기 트럭」), 롤러코스터를 타면서 나름의 스릴을 즐긴다(「아무튼 난 롤러코스터를 타요」). 희망이 오기를 고대하면서도 "쿵쾅쿵쾅 네가 오는 소리에/ 닫혔던 창들이 하나둘씩 눈뜨고/ 옹이 진 마음들 풀어졌으면 좋겠어"(「희망이 올 때」)라고 살짝 기대하기도 한다. 이런 자세마저 없다면 정말 이 세상은 견디기 어려울 것이다.

4. 수도사의 단정한 고백들

시는 진솔한 고백의 표현이(라고 생각한)다. 소설이 허구의 소산이라면 시는 내적 고백이다. 이 명제는 쉽게 바뀌지 않을 것이다. 적어도 나는 시를 그런 장르로 이해하거나 오해하고 있다. 그러므로 시에서 그려진 상처는 처절하고 아름답다. 그 상처가 처절한 것은 현실적 고백이기 때문이고, 아름다운 것은 진솔한 고백이기 때문이다. 시는 상처의 기록이다.

특이하게도 한명희는 수사를 많이 사용하지 않는다. 그의 시는 단정하다. 시가 길지도 않고 어려운 단어를 사용하지도 않는다. 이야기가 시 안에 길게 들어있지도 않다. 진솔한 내적 고백이지만, 그 고백은 에피소드를 통해 비유가 되기도 하고 상징이 되기도 한다. 시적 형상화를 위해 쉬운

용어를 구사하지만, 읽다 보면 어느새 추상적인 상황이 시 속에 그려져 있다는 것을 깨닫게 된다. 그렇다고 시에 그려진 추상적 상황이 복잡하거나 어려운 것은 아니다. 이것이 이 시집의 특징이고 장점인 것 같다. 2014년을 살았던 이 땅의 사람들이라면 누구나 슬퍼했을 세월호 침몰을 다룬 시를 보면 시인의 시가 어떤지 금세 확인할 수 있다.

> 멀쩡하던
> 나무가 쩍 갈라질 때
> 세로로 쩍 금이 갈 때
> 멀쩡히
> 하늘을 날던 새가
> 아래로 툭 떨어질 때
> 떨어져서 얼음처럼 부서질 때
> 멀쩡히
> 잠을 자던 아이들 얼굴이
> 하나둘 지워질 때
> 지워진 얼굴들이
> 땅속으로 행진할 때
> 예고도 없이
> 전조도 없이
> 산이 쪼개질 때
> 주술사들이 밤새워 주문을 외우고
> 주문은 하늘에 닿지 않을 때
>
> —「세월, 세월호」 부분

한명희는 위 상황을 그대로 한 번 더 활용해서 아픔을 강조하더니, 마지막 문장에서는 처음에 사용한 단어인 "멀쩡하던"을 재사용해 세월호의 아픔이 끝나지 않았음을 보여주고 있다. "주술사들이 밤새워 주문을 외우"지만 그 "주문은 하늘에 닿지 않"는 역설의 상황에서 아이들은 죽어갔고 그 슬픔은 지워지지 않는다. 이해할 수 없는 상황을 이해하려고 하지 않고 이해할 수 없다는 것을 이해할 수 없다고 역설적 상황으로, 기막힌 시적 구성을 통해 보여 주고 있다. 이 시에는 그 어떤 어려운 단어도 없고 현란한 수사도 없다. 하지만 읽고 나면 막막한 아픔이 가슴 깊은 곳으로부터 솟아난다.

내가 이해한, 한명희의 시는 그런 시이다. 그는 쉽게 삶을 희망하지 않는다. 다만 이 외롭고 쓸쓸한 세상에서 살아가는 이의 아픔과 슬픔을 "검은 후드로 얼굴을 반쯤 가리고"(「서울 춘천 고속도로」) 서울과 춘천의 고속도로를 걸어가는 수도사의 수행처럼 그린다. 앞으로도 그런 자세로 시를 계속 써나갈 것이라고 생각한다. 살아갈수록 알게 되는 것은, 인생은 결코 쉽지도 않고 그리 행복하지도 않다는 것이다. 우리는 그런 인생을 살아가야 한다. 그 역설적 상황을 시인은 은밀한 내적 고백을 통해 역설하듯이 주장하고 있는데, 그 역설이 많은 생각을 하게 만든다. 특히 그 상처를 통해 내 삶을 돌아보게 되었다. 시는 상처의 고백이지만, 독자들은 그 시를 읽음으로써 세상의 상처를 알아가게 된다.